Business-Lyrik

Roger Stein

Zürich – Berlin: 1. Auflage 2018

Mail: freiflug@wortfront.com
Tel.: +41 (0)44 520 82 93

Kontakt zum Autor
www.roger-stein.com
Mail: office@roger-stein.com

Lektorat: Jasmin Kreulitsch
Covergestaltung & Illustrationen
Roger Stein – Öl auf Pappe

ISBN-10: 1987693140
ISBN-13: 978-1987693140

Versuch eines Vorworts oder:

Begründung des Dilemmas

Ehrlich gesagt: Ich bin kein Vorworttyp. Vorworttypen sind für mich „Sich-erst-am-Beckenrand-Nassmacher“. Ich fand aber den unvorbereiteten Platsch ab dem 3-Meter-Brett und dann den Schock (Wasser ist ja nass und entspricht nicht meiner Körpertemperatur!) immer ganz gut. Wer also lieber einfach springt, möge dieses Vorwort ruhigen Gewissens überblättern.

Viele meiner Lieder und Songs entkommen aus lyrischen Keimen. Ja, es sind Fragmente-Plantagen, in denen sie aufwachsen. Manche wachsen schnell in einem Sommer – andere über Jahre. In diesen Fragmente-Plantagen gedeiht manchmal zwischen den Liedern auch sprachliches Unkraut, das sich verselbstständigt, wie dies auch bei Liedern der Fall ist. Werke nabeln sich immer selbst vom Autor ab.

Nun haben sich zwischen meinen „Liedern eines Postmodernen Arschlochs“ und meinen anderen Lieder-Zyklen genau solche postmodernen Unkrautgedichte angesammelt. Damit diese mir aber meine Liederpflanzen nicht zuwuchern, habe ich dem Unkraut ein eigenes Zuhause bzw. einen eigenen Band verschafft – und hoffe, damit das Problem gelöst zu haben.

Was jedoch bleibt, sind Fragen. Wie soll man einer Welt entgegentreten, in der die Entfremdung aus lauter Gewohnheit zur Heimat geworden ist? Wie soll man in einer Welt überleben, die sich in ihrer eigenen Absurdität selbst feiert? Man muss ihr genauso absurd entgegenhupen, wie sie aus dem Wald herausblökt. Oder besser gesagt: Man muss Metaphern-Judo beherrschen, um der Absurdität mit Meta-Absurdität zu begegnen.

Der vorliegende Band enthält verbale Strichzeichnungen des Funktionierens, Schnappschüsse des Büroalltags und Momentaufnahmen von Hierarchien. Wir sind unterwegs als eine Art „lyrischer Reporter“ und betreiben Gefühlsfotographie just in jener Topbusinesswelt, in der Gefühl etwa so gehandelt wird wie Operninteresse: Man setzt es auf, um gebildet zu wirken. Und natürlich passt das angezogene Gefühl immer zum Dresscode des Anlasses. Wir treten mit poetischen Mitteln in eine Gesellschaft ein, die so ganz und gar nicht poetisch ist: Das ist klimatisierte Poesie.

Intoleranzen und Allergien sind ja mittlerweile zum Mainstream geworden: Menschen haben Laktose-, Gluten- oder Fruktoseintoleranz und Lyrik hat – mit Verlaub – Verkaufsintoleranz. Ja – eine regelrechte Marktallergie. Doch bevor wir alle zu weinen beginnen, sollten wir uns vielmehr darüber freuen. Es lohnt sich überhaupt nicht, aus Lyrik ein Geschäft zu machen, deswegen ist Lyrik noch das Bioprodukt unter den literarischen Gattungskollegen; Lyrik ist wirtschaftlich zweckfrei.

Die vorliegenden Gedichte halten Momentaufnahmen des Businessalltags fest – wobei „festhalten“ nicht der richtige Ausdruck ist. Lyrik hält nicht fest, Lyrik hält offen. Und Lyrik ist die einzige literarische Gattung, die das Weiss zwischen den Zeilen wichtiger nimmt als das Schwarz der Buchstaben.
Denn:

Auch die Stille ist Teil der Musik.

BUSINESS-LYRIK

Weitermachen

Die allgemeine Verwunderung
läuft aus dem Ruder
verlässt den Raum
während wir überzeugten Fußes
in die Ferne feiern

Unsere Träume sind an uns gescheitert
aber wir lachen uns
vorwärts

Rettungsübung

Sich die Wertschöpfungskette
um den Hals hängen
und ins Ungewisse springen

Die Kader schwimmen

Sitzung

Der Vorgesetzte legt seine
Mähne auf den Tisch und schenkt
frisch gepresste Unbeirrbarkeiten
aus

Statt den Störstecker zu ziehen
lieber die Rückenflossen anlegen
und sich wie Monatsvieh
grasend durch die Sitzung grinsen

Ernsthafte Grammatik verdampfen
und sich einen ins Hirn jodeln

Der Chef

In der Suppe seiner Fröhlichkeit
schwimmen die Witze von gestern

Den Mitarbeitern hängt
das Lachen bis zum Boden
der Gehaltserhöhung

Lernprozess

Der General Manager
springt vom Kindergeburtstag
in sein Humorbecken
das er selbst aufgeblasen hat
und quietscht eine Plastikente tot

Die Kinder finden es lähmend
die Eltern flattern Begeisterung
Die Kinder werden das auch noch lernen

Eigenlob

Das Eigenlob im Garten
frei laufen lassen
mit der Aufschrift:

Hier wache ich!

Pflichtbewusstsein

Wir tanzen Pflichtbewusstsein
bis das Geld seine Wirkung verliert

Wir pressen den letzten
Optimismus aus uns raus
bis unser Lächeln verblüht

Dann versuchen wir
unseren Leichtsinn zu reanimieren

Wir behüpfen gezielt Gefühle
bis wir uns wieder jung vorkommen

Und betrauern den Untergang
des Mittelfingers

Entfremdung

Wir spalten den Schlaf
Wir verdichten den Tag

Entfremdung hüllt uns ein
wie ein wärmender Mantel
als Heimat-to-go

Einchecken

Auf der Spannweite
seiner Selbstgefälligkeit
durch die Lobby gleiten
am Bodenpersonal vorbei
Richtung Rezeption und Ewigkeit

Reste von Arschloch-Denkern
wie Gischt der Landebahn
aus dem Gesicht wischend

Das ist Größe
Das ist Aufopferung

Das versteht ihr nicht

Regeln der Ausgelassenheit

In Ermangelung von Alternativlosigkeiten
tanzen wir Möglichkeiten
vor uns her
und zwingen uns locker

Wir generieren Leichtsinn
und konzentrieren uns auf
die Regeln der Ausgelassenheit

1, 2, 3 …
Schrittfehler!

Weltsicht

Eine Wegfahrsperre im Großhirn
sichert unseren geistigen Horizont
damit er uns nicht geklaut wird

Die hätten den doch alle gern!

Realismus

Du hast immer
einen Platz in meinem Herzen

in der EconomyClass

Wettbewerb

Der Himmel steht im Wettbewerb
zur Schwerkraft

Wir kauen hartes Popcorn

Utopien setzen Schimmel an
Tatenlosigkeiten verkommen
in den Mundwinkeln

Wir zählen die Linien im Kopf
und prüfen die Hoffnung auf
Nachhaltigkeit

Gehorsam

Einer buckligen Stimme
soviel Dezibel verleihen
bis sie Verantwortung bläst

Kompetenzen konjugieren
und die Blutbahn
mit Blindheit sperren

Das Ungesagte wächst weiter

Modalformen des Ichs

Man sollte das Arschlochverhalten
das man sich für diese Aufgabe
angezogen haben wollen musste
eigentlich wieder an der Garderobe
abgeben können

Aber dummerweise hieß
es bei der Kündigung

Sie dürfen sich selber behalten

Junger CEO

Er zieht die Notbremse
und steigt aus dem Projekt aus

Dass hier kein Bahnhof ist
ist das Problem der Gegend:
Hier fehlen Bahnhöfe!

Wenn er das angepackt hätte
wären da welche
sagt er sich
wirft den ersten Stein
und steigt aus dem Bahnhof aus

Struktur

Sich mit Mühe ein privates Ich
aus Sporthosen basteln
und an der Grillzange festketten
damit man von der Freizeit
nicht weggeweht wird

Von den Frauen zugespielte
Privatgesprächsbälle
möglichst rasch vom Grill wegspielen
Doppelpass

Sich die Bratwurstverantwortung
quer auf die Brust binden
um wenigstens irgendeine
Sachlichkeit in diesen
vollkommen strukturlosen Nachmittag
zu bringen

Recht und Regeln

Im Weltall der Unlogik
mit Steinen aus Verstand werfen
und einen Platzverweis ernten

Danke für Deine Mitarbeit
aber wir spielen etwas anderes!

Straffung

Das Projekt
so straff strukturieren
dass man selbst
keinen Platz mehr darin hat

Ups

Managerseminar

Singende Seminarteilnehmer
schaffen den Raum in Deckung
und beharren auf Entspannung
zum Selbstloslassen

Einer springt vom höchsten Posten
in die eigene Differenz
Die anderen singen Harmonie

Heisse Sitzung

Sein Gesicht schaltet um
auf Bildschirmschoner
und folgt dem Redner
mit für solche Fälle
vorgetrockneten Blicken
aus Interessenszuckungen
während die Ohrmechanik
jeweils die letzten 20 Sekunden
der verbalen Signalquelle
ganz selbstständig vor Ort
noch im Gehörgang
und ohne das Großhirn
damit zu belasten
den letzten Satz
wie ein Echo speichert
um bei Gefahr
diesen abzurufen
und wieder nahtlos
in die brennend heiße
Diskussion einzusteigen

Hoppla

Einen Krawattenknoten
aus Kinderhänden tragen
und im eigenen Anzug
über eine Verantwortung stolpern
die ein anderer verloren hat

Selbstfindung

Sich selbst endlich
zu dem stempeln
was man ist
und das eigene Ich
als Projekt abschließen

Zweigniederlassung

Den eigenen Charakter dem
freien Wettbewerb aussetzen
und den Markt entscheiden lassen

Mit dem Herz eine Zweigniederlassung
bei der jungen Kollegin eröffnen
und damit durchkommen

Realist werden

Seine Jugendsehnsucht
auf dem Nachhauseweg
einfach vor die S-Bahn schubsen

und endlich Realist werden
sehnsuchtsfrei

HR-Consulter

Mit dem Kopf der anderen spielen
als wäre es der eigene Fußball

Dem Kaffeeautomaten
solange mit Entlassung drohen
bis ihm heiß wird

Ganz vorne

Den Kopf geschüttelt
nicht gerührt bekommen
aber nach vorne laufen
nach ganz ganz vorne

Die Welt ist rund
und ganz ganz vorne
läuft läuft läuft

der eigene Arsch

Dabei

Auf Erfolg poltern
mit Händen
die später
zum Bauwerk gehören

Innen und aussen

Wir heucheln uns bunt
aber zu Hause essen wir
schwarz-weiß

Wir husten Verunruhigung
in verhärmter Harmonie

Wir leiern Dressur
aber eigentlich wollen wir
die totale Eskalation

Junior-CEO

Wie aus dem Containergesicht
des Vaters geschnittener Junior
mit MBA-Windeln
voll Selbstüberschätzung

Verstinkt die alten Kunden
mit Verhandlungslärm

CEO-Typ 3b

Einen drittelunendlichen Chaoten
an beiden Enden
mit zwei Sekretärinnen so eingrenzen
dass er wenigstens
halbwegs gerade in seinem
Organigrammkästchen
steht

CEO-Typ 4f

Aus Mangel an Eigenschaften
zu Pedanterie greifen

Den Übergang zwischen zwei Übergängen
punktuell dingfest reden
und darauf aufbauend
weitere Analysen fordern

Kollegenskizzen: Der Hüpfer

Auf Seerosenblättern
von Idee zu Idee springen
den Wellen der Gedanken folgend

Nur solange auf einem Blatt verweilen
dass es nicht in Arbeit tunkt
ernstgenommene Umsetzungsanfänge
der Kollegen einfach weg-orgeln

Den Vorgesetzten solange anhüpfen
bis er vordergründig Anerkennung wegwinkt
einen großen Anlauf nehmen
und
in Flüchtigkeiten wegtauchen

Kollegenskizzen: Der Gockler

Am lautesten von allen gackern
tief einatmen
und –
und –
und –
hohle Eierschalen legen

Stolz den Raum durchgockeln
und auf sein Werk hinweisen

Auf den fehlenden Inhalt angesprochen
böse werden und klar argumentieren
„Ich bin ein Hahn!“
„Seid froh, dass ich überhaupt was lege!“

Kollegenskizzen: Der Delegierer

Dinge solange gelassen nehmen
bis sie verhofft dringend werden

Dann den Kollegen
die Deadlines
ins Wochenende einschenken

Kollegenskizzen: Der Versickerer

Aufeinanderprallende Informationen
still für sich versickern
Unstimmigkeiten solange
einschweigen bis sie zu einem
Personaltumor werden

Dann den andern die Schuld schenken
weil man einfach überlastet ist
und ins Burn-out plätschern

Kollegenskizzen: Der Übermotivierte

Reiterlose Motivation in den Raum jagen
und durch den Officebereich

„Man müsste sie satteln!“

hinterherrufen

Kollegenskizzen: Der Oktavierer

Mit dem Flammenwerfer
in den Markt reinfahren
und sich aus Kriegsmetaphern
sprachliche Brusthaare
wachsen lassen

Doch nach oben oktavieren
wenn die eigene Frau anruft

Kollegenskizzen: Der Historiker

Seine Leistungen für die Firma
in verbalen Vitrinen täglich an
den Kollegen vorbeitragen

Sich aus den historischen Taten
ein Eigen-Ich mit Garten bauen
auf Firmengrund

Wenn die Firma einen verlässt
nimmt sie das Eigen-Ich mit

Kollegenskizzen:
Der „Wie-geht's-mir-Erzähler"

Auf eine „Wie geht's-Frage"
das-Wochenende-in-Echtzeit-
nacherzählen-und-den-Atlas-
seiner-Dreigroschen-Gefühlswelt-
stolz-ausbreiten-die-Atempausen-
so-setzen-dass-dem-Gegenüber-
außer-einem-Nicken-keine
Möglichkeit-bleibt-in-den-Monolog-
einzusteigen-und-diesen-dadurch-in-
seiner-Existenz-und-abgeschossenen-
Vollkommenheit-von-Belanglosigkeiten-
-zu-gefährden-das-Gegenüber-festzunageln-
-schon-im-Monolog-ertrinkend-endlich-
rettend-ein-Kollege-durch-den-Flur-kommend-
zurufen...

„Moment, ich wollte Dich noch was fragen..."

Eine Idee

Eine Idee ist nichts
als eine Schaumgeburt

Sie trägt kein Schiff
Sie trägt kein Haus
Sie trägt kein Obst

Eine Idee ist nichts
Gar nichts
Solange man sich nicht
die mühsame Arbeit macht
aus dem Nichts
etwas zu machen

Erfolgreiche Freizeit

Die Liebe zu den Menschen
auf die eigenen Goldfische projizieren
und sie damit nerven

Das Wasser
mit Transparenz segnen
und als Erfolg verbuchen

Den Teich anschließend
erhobenen Hauptes verlassen

Man ist ja kein Fisch

Umwegehrlichkeit

Sein eigenes Hinterfragen mit soviel
Optimismusgrinsen bestreichen
bis die Umwelt misstrauisch wird

Die Zweifel solange foltern
bis sie singen

Recht haben

Sich hinter die Zivilisation stellen
und auf dem eigenen Shakespeare
in die Garage reiten

Metamorphose

Endlich ein Intellektueller werden
den Kopf höher tragen
und sich ein regionales Theaterabo kaufen

Ihr Kulturbanausen!

Montag

Einander vorgefertigte
Gesprächsbausteine
in die Kaffeemaschine fallen lassen

Zungen zitieren die Zähmung

Die Gefühlsgebiete auf dem
Parkplatz draußen lassen

Ich schließe mein Sozialverhalten
im Kofferraum ein
damit es nicht
beschädigt wird

Seine All-inklusive-Wünsche
einfach mal für sich behalten

Geborgenheit

Im Mutterbauch
der Wagenkabine
der S-Klasse
sich jene Geborgenheit holen
die zu Hause
und da draußen
einfach
fehlt

Burn-in-Burn-out

Anerkennende Austauschbarkeit
auf die Schulter geklopft bekommen
kurz Burn-in-Burn-out huschen
und verlerntes Verlieren
nicht mehr begreifen

Einen straffen Händedruck
als letzte Visitenkarte
fragmentierter Persönlichkeit
beim Empfang hinterlassen

und sich dann mit den Pillen
entkoppeln

Pont of no return

Die Landschaft wird Zweiter
sie hat ja kein Ziel

Am Point of no return
stehen bleiben
und die Aussicht geniessen

Ich lasse mir eine zweite Haut wachsen
wenn ich pensioniert werde
ziehe ich diese wieder aus

Bitte

Frisch gezapftes Selbstvertrauen
wird durch den Raum getragen
am Tresen vorbei – zu der Krawatte am Ende
des Konferenztisches

Herr Ober
Für mich das Gleiche

Sensibler Versuch

Mit Treibhaustränen
aus Wochenendseminaren
die anderen Kaffeebecher
überfordern und sich eine
„Er-steht-zu-seinen-Schwächen“-Medaille
über das Soap-Herz hängen

Frittierte Beiläufigkeiten
mit Zärtlichkeiten verwechseln

Mit Dreigroschensentimentalitäten
Berge aus Musik hornen

Postpension

Sich an sich selbst abwiegen
seine Verdienste im Keller aufräumen
und Abgangsordnung schaffen

Auf einen leeren Himmel hoffen
Es ist ja alles so überfüllt

Mit der Zeit gehen

Wir gehen mit der Zeit
Hallelujah

Aber die Zeit bleibt manchmal stehen

Wir müssen weitergehen
Weitergehen ist aber nicht
mit der Zeit gehen
wenn die Zeit
stehen bleibt
gehen wir trotzdem weiter
wir gehen der Zeit voraus
Hallelujah

Über uns jetzt Filmmusik

Vielleicht holt uns sie uns ja wieder ein
Die Zeit
Jetzt komm schon Zeit
Bleib nicht zurück

Ah – sie ist dort hinten falsch
abgebogen

Sitzung

Das Gesagte wiederholen und
andere Nebensätzen ausleiten
eine verbale Einzahlung
auf das Konsenskonto machen
und der Monokursion beipflichten

Dreimalgesagtes wiederfreuend
zum Ersprochenen hinzufügen
was schon dreimal betagt
bis jetzt zu wenig
rauskam
bis jetzt noch gar nichts

Das Thema von der gleichen
Seite besser beleuchten damit sich
die Schatten weiterhin decken

Mit emotionellem Gestus
ins Mezzoforte wechseln
aber auf Sachlichkeit beharren
Gesprächskompositionen
dal segno wiederholen
links aussen verarbeiten die Flöten
das Thema jetzt in Moll

Die Diskussion zu einer
anderen hinzufügen bis mehr
Fruchtfleisch am Knochen ist
und sich dann seine Metaphern
ins Protokoll löten

Bodensatz der Besten

Karierte Weltoffenheit
auf die Brust genagelt

Wir sind der Bodensatz der Besten

Die Realitätsgeneratoren
laufen ohne Zwischenfall
Wir zeichnen Kontraste der Kälte

Der Kopf ist unsere Mitte

Soso-Lala-Tag 1

Die Perspektivenlosigkeiten
nach Kategorien sortieren und dann
blind eine Karte ziehen

Im Vorbeigehen zehn Minuten
aus der Firmenkasse nehmen
und sie zu Hause versaufen

Soso-Lala-Tag 2

Im Gemurmel die eigene Stimme
ausfindig machen
seine Meinung unter
Temporäres abspeichern

Einen besonderen Gesichtsausdruck
für später aufheben

Selbstzweifellosigkeiten

Gefühlte Wirklichkeiten
nach Farben sortieren
und aufgewärmte Witze mitbringen

Bemalter Hausfrauen-Nudelsalat
bestimmt die frittierte Fröhlichkeit
Wir verleihen uns Orden
aus Selbstzweifellosigkeiten

Die gute Laune wirkt überreizt

Strategiesitzung

Eine Grafik abfeiern
mit Power ohne Pointe
Punkt pro Punkt
nochmal durchpauken
ohne auf den Point
zu kommen
einer unfreiwilligen
Pointe die Power nehmen
und sie zur Tür weisen

Die Zukunft fällt ins Schloss
Der Tag zeigt sich bedenklich

Gerade noch

Einen Vorwand im letzten Moment
herumreißen
damit er nicht
in den Gegenverkehr kracht
und
den Tag am Kentern hindern

Effizienz

Den eigentlichen Sinn
aus der Sichtbarkeit rücken

Effizienz
zum Trittbrettfahrer
zielfreiten Handelns küren

schnell und produktiv

Alltagszuneigung

Im Flutlicht des Funktionierens
bist du mein Irritationspunkt
bist du der Störsender
der meinem Puls
eine ineffiziente Metrik vorschlägt

Dort wo es am Rande
des Unspektakulären
unnötig warm wird
dort wo der Himmel
den Alltag küsst
staunen wir uns zwei Lächeln

Moral

Die anderen zu Statisten stempeln
aber mehr Aktion fordern
Ideen durch den Raum rudern
und Selbstgefälligkeiten orgeln

Seinen Sand in den Kopf stecken
und Krypto-Intelligenz zur
Firmenmoral erklären

Auflösung

Die Haut am Rand
zum Unternehmen
in Dur auflösen und verwachsen
mit der Melodie der Führung

Die Strukturen nach Hause
bringen und den Kindern
das Firmenmenü vom Vortag
vorsetzen

Nachbarschaft

Baubewilligendes Lächeln
durch die Nachbarschaft grinsen
und den Wirkstoff Erfolg
an der Grundstücksgröße messen

Mit angrenzenden Vergleichsblicken
zwei Meter Seeblick verkneifen

Die Hecke über die Privatsphäre
wachsen lassen
und halt auch

über den Seeblick

Unternehmenssprache

Seinen Wortschatz
auf das Beste
aus den 80ern 90er und von heute
reduzieren

Kritikfähigkeit
zum Beweis rahmen lassen
und neben die anderen
Trophäen stellen

Ich bin jederzeit
monologbereit

Abwesenheit

Hinter einem
entschlossenen Blick
etwas Schönes träumen
ohne dass es die anderen merken
bis man durch
Demonstrativpronomen
geweckt wird

Menuett der Möglichkeiten

Ein Menuett der Möglichkeiten
mit vermögenden Nettigkeiten
des netten Vermögens

Ausweichliche private Kollisionen
auf ihren eigenen Schaden abschätzen
und das Herz in seine Fassung
zurückfallen lassen

Wir tanzen auf Sicht

Challenge

Im fragmentierten Informationsfluss
am Überschäumen scheitern
und mit neuen Multitasking-Tänzen
die Verdichtung der Fragestellungen
zum Ausgang walzern

Seinen Botenstoffen
mit dem Reiseführer zuwinken
bevor sie im Stammhirn in der
Burn-out-Kneipe
Feierabend machen

Nettigkeit

Im Schilfproblem
der eigenen Nettigkeit
stecken bleiben
und sich einfach mal fragen
warum man sich eigentlich
nicht freirudern kann

Prozessoptimierung

Kritik lachend überschreiten
und das Unternehmen auf
Personalemissionen
abklopfen – entspannt
Grenzwerte gurgeln

Sicherheiten oxidieren

Fasching

Sich nach dem vierten Sekt
noch transsympathischer fühlen
als man eigentlich ist
und sich eine Maske
aus Moral aufsetzen

urkomisch

Frei

Zur Freizeitgestaltung
auf dem Golfplatz vom
Pfad abweichen
und sich

als Punk fühlen

Augenhöhe

Die Enden zweier Menschen
vor dem Verknoten
auf das Deckungsvermögen
der Ersetzbarkeits-Skills
abwägen

und sich auf Augenhöhe
verlieben

Ja!

Fantasie

Mit Flügeln am Rücken spielen
als wäre man ein Adler

Im Lexikon der Leichtigkeit
nach der Grammatik der Ironie
blättern und dann doch

die häufigsten Seiten des Schicksals
bestellen

Struktur

Das Brutto der Möglichkeiten
durch Realismusgedampfe
eingrenzen
und
Fälligkeiten am Loslassen hindern

Es ist alles möglich
aber
Realität ist immer netto

Beziehung

Die Charaktereigenschaften
der Ehe im Schrank ausmisten

„Schatz, die hier trägst du
doch nicht mehr“

Träumen

Sich vom Leben nicht
in die Karten gucken lassen

Dafür die Pupillen
nach innen schärfen
und eine unkorrekte Landschaft
träumen

Das Auge läuft ins Bild

Grundsatzfrage

Der Zweifel am Unabänderlichen
heiratet die Utopie
und expandiert
in ein neues Universum

Die Sichergeglaubten
sterben immer früher
als sie glauben

Gut verhandeln

Gegensätze über ihre Nebensätze
zu Nachbarn machen
und gemeinsam gegen
ein Außen vorgehen

Das elfte Gebot

Die Farbkorrektur von Feindbildern
mit der feindlichen Führung
so abstimmen
dass das Fußvolk nicht

an Irritationen leidet

Hierarchie

Mit dem Steigeisen
die Fersen der anderen treffen
und sich hochziehen

Verbeugungskritik
zum Unverzeihbaren zählen
und Mitarbeiter
mit Farben markieren
wie Bäume

Die Ohrfeigenküßer
weiter nach oben loben

Gute Stimmung

Den Mitarbeitern allabendlich
einen Mantel aus Wertschätzung
auf die Schultern legen
und sie als Helden nach Hause
schicken

Gut verhandeln

Die Neidstücke der Torte
exakt gleich groß schneiden

Zweistimmigkeiten
von Erwartungen
durch einen dritten Ton
zum Dreiklang befördern

Dissonanzen von Möglichkeiten
als weiterführende Akkorde
begreifen
und in die Zukunft auflösen

Start-up-Postromantik

Die gestrandeten Euphorien
stolzen Schiffbruchs umarmen
und zu Piraten romantisieren

Unsere Jugend ist mit ihnen
mitgesegelt

Ein Versuch in Nostalgie
nochmal zu kentern
lächerlicht sich aus

After-Business-Flirt

Ein mundartmüder Sommer
setzt sich nicht mehr durch

Die Gezeiten der Romantik
sind vom Mond gezeichnet
kahles Kamingeknister
verkörpert dem Kellner
die Leidenschaft zu dimmen

Am Nebentisch sitzen
einsame Paare
wie ich

Motivationsmelodie

Den Weichzeichner
auf den Tag legen
mit gefälschter Gelassenheit
Breitgläubigkeiten pfeifen

und den Fluss zum Floss
erklären

Brückentag

Sich Brotlosigkeiten auf die
Freizeit schmieren

Ladierte Langeweile
durch Extremsportarten
therapieren

Familienvilla

Nach fünfzehn Jahren
die Langzeit-Käuflichkeit
von Liebe endlich
verbalisieren
und mit dem Rasenmäher
die Meerschweinchen
der Kinder im Garten
der Villa
totfahren

Weibliche Karriere

Die Eitelkeit der eigenen Intelligenz
selbstlos sublimieren
und sich entspannt in den
zwölften Stock schminken

Positiv

Enttäuschungen
nicht zu Hass
wachsen lassen
sondern ihnen jährlich ihre
Bedeutung stutzen

sich dann als glücklich
beneiden lassen

Hitverdächtig

Sich aus Modeausdrücken
einen Helm basteln
lösungsorientiert
in den Raum reinpoltern
Die Erwartungen über
den Tellerrand
hinausschieben

Durch Mainstreamsprache
die eigene durchschnittliche
Phantasielosigkeit
bekräftigen

Ethik-Consulter

Die eigenen Moral zum Schlitten
machen und ins Tal fahren

Hui!

Der Himmel lässt sich räuspern

Rebell 4.0

Seine Ersetzbarkeits-Skills
über den Scheffel stellen
und Freiheit blöken

Parallel zur Herde laufen

Wir tragen Halsbänder
aus Zugehörigkeiten

Praktisch denken

Die eigene Leidenschaft
mit Kunstrasen bepflanzen

Ach
weisst du
der ist einfach pflegeleichter

Abschied

Ich ziehe in eine andere Realität um
und nehme nur
das Nötigste mit

mich nicht

33105138R00065

Printed in Great Britain
by Amazon